Tedd Arnold

SCHOLASTIC INC.
New York Toronto London Auckland Sydney
Mexico City New Delhi Hong Kong Buenos Aires

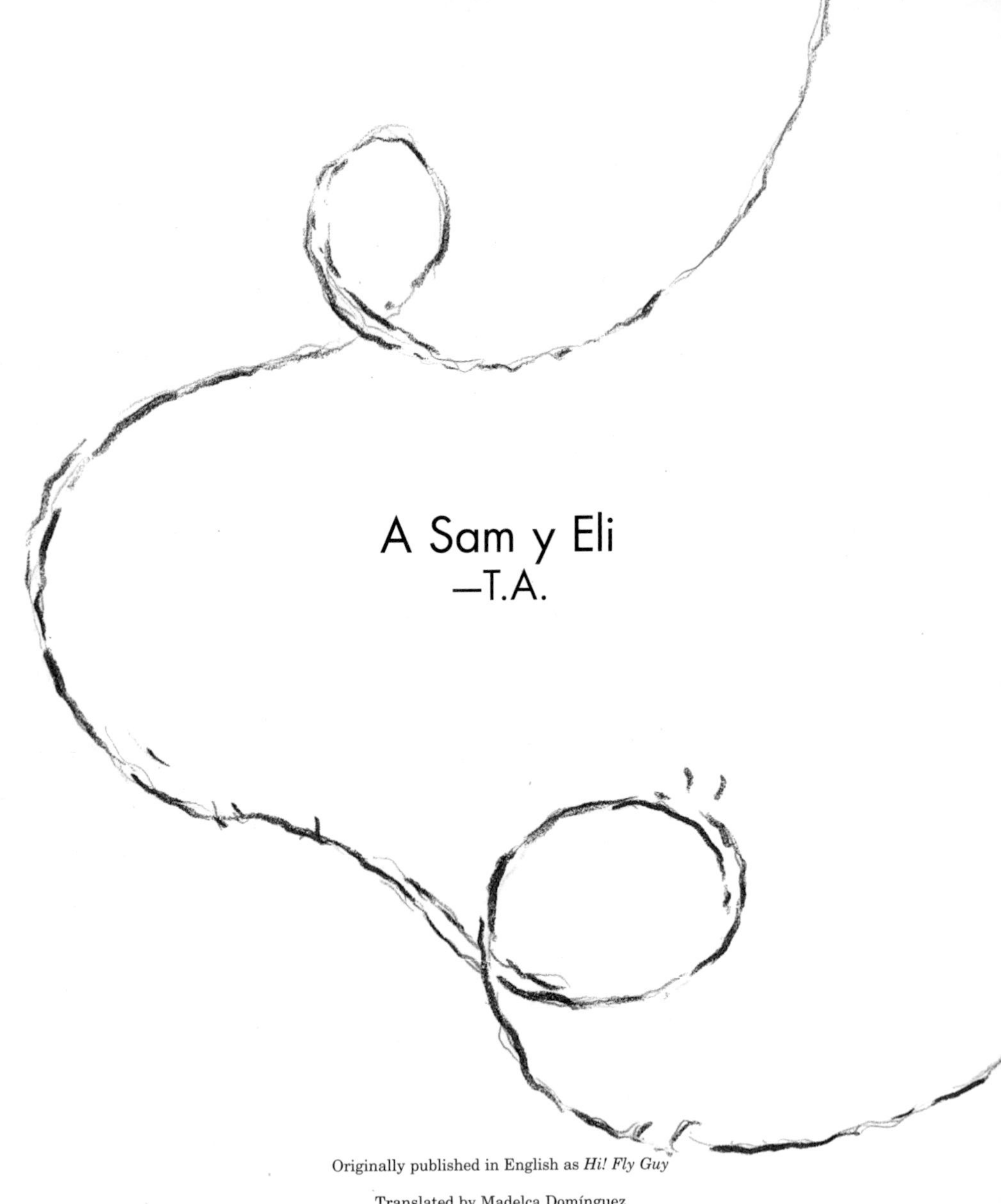

A Sam y Eli
—T.A.

Originally published in English as *Hi! Fly Guy*

Translated by Madelca Domínguez

ISBN 13: 978-0-545-08378-2
ISBN 10: 0-545-08378-8

20 19 18 17 16 15 16 17 18/0

Printed in the U.S.A. 40

First Spanish printing, September 2008

Capítulo 1

Una mosca salió a volar.

Quería comer algo,

algo sabroso,

algo pegajoso.

Un niño salió a caminar.

Quería cazar algo,
algo muy especial,
algo para llevar al
Concurso de Mascotas.

Se chocaron.

El niño atrapó a la mosca
y la metió en un frasco.
—¡Una mascota! —dijo.

La mosca estaba enojada.
Quería ser libre.
Se puso a dar pisotones
y dijo:

El niño se sorprendió.
—¡Sabes mi apodo! —dijo—.
¡Eres la mosca más inteligente del mundo!

Capítulo 2

Buzz llevó la mosca a casa.

—Esta es mi mascota
—les dijo a sus padres.

—Es muy inteligente. Puede decir mi apodo. ¡Escuchen!

Buzz abrió el frasco y la mosca salió volando.

—¡Las moscas no pueden ser mascotas! —dijo su papá—. ¡Son insectos!

Sacó el matamoscas y la mosca gritó:

¡BUZZ!

Entonces, Buzz corrió en su ayuda y la rescató.

—Tienes razón —dijo su papá—. ¡Esa mosca es muy inteligente!

—Necesita un nombre —dijo la mamá. Buzz pensó un momento.
—Hombre Mosca —dijo Buzz.
Y Hombre Mosca respondió:

Era la hora del almuerzo.
Buzz le dio a Hombre Mosca
algo de comer.

Hombre Mosca estaba
muy contento.

Capítulo 3

Buzz llevó a Hombre Mosca al Concurso de Mascotas.

Los jueces se echaron a reír.
—Las moscas no pueden ser mascotas —dijeron—. Las moscas son insectos.

Buzz se puso muy triste.
Abrió el frasco.

—¡Vete, Hombre Mosca!
—dijo—. Las moscas no
pueden ser mascotas.

Pero Hombre Mosca se había encariñado con Buzz. Pensó un momento y comenzó a hacer piruetas.

Los jueces estaban asombrados.
—La mosca puede hacer trucos
—dijeron—. Pero las moscas no
pueden ser mascotas.

Entonces, Hombre Mosca dijo:

Los jueces estaban aun más asombrados.

—La mosca sabe decir el apodo del niño —dijeron—. Pero las moscas no pueden ser mascotas.

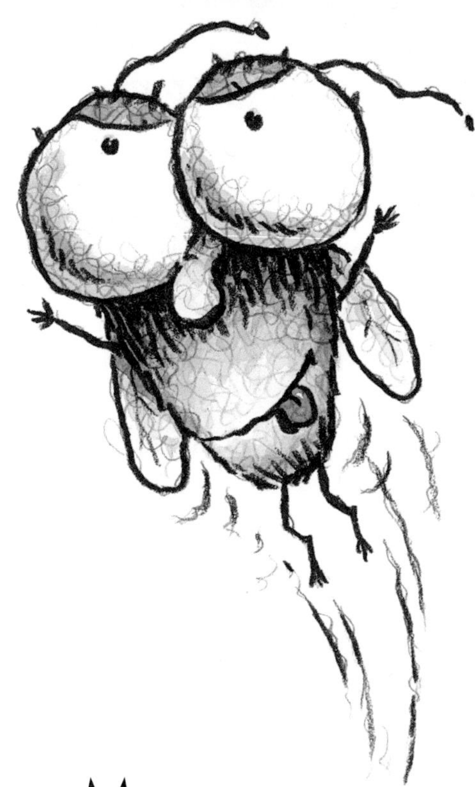

Hombre Mosca comenzó a
volar alto, muy alto,
¡hasta llegar al cielo!

Después, se lanzó en picada
hacia abajo
y aterrizó en el frasco.

—La mosca conoce su frasco —dijeron los jueces—. ¡Esta mosca es una mascota!
Así que dejaron que Hombre Mosca participara en el concurso.

MASCOTA MÁS ALTA
MASCOTA CON MÁS PATAS
MASCOTA MÁS LINDA

Hasta ganó un premio.

Y así comenzó una
hermosa amistad.